ACTES SUD JUNIOR
est dirigé par Madeleine Thoby

MARGUERITE
ET LA
MÉTAPHYSIQUE

Du même auteur

Je ne suis pas un singe (*prix polar 89*)
Les Liaisons dangereuses
Je n'ai pas peur de l'aspirateur
L'Amour impossible
Le Prophète
ÉDITIONS SYROS

Je suis le lion
MAGNARD

Les Enfants
Fées et sorciers
Les Loups
Rois et reines
ÉDITIONS CASTERMAN
(Collection Contes d'Europe)

De la même illustratrice

La Cité des abeilles
La Fille du cirque
Yvan Mourka et le moineau
La Sacoche jaune
Chacun son tour
Mon mouchoir
ÉDITIONS PÈRE CASTOR-FLAMMARION

Mademoiselle Je-sais-tout
Les bébés de Mademoiselle Je-sais-tout
Tom-Ti-Ra
ÉDITIONS DU SORBIER

Poèmes de Prévert
ÉDITIONS GALLIMARD

ISBN 2-7427-0934-7

Loi 49-956 du 16 juillet 1949
sur les publications destinées à la jeunesse

Les Contes philosophiques

MARGUERITE ET LA MÉTAPHYSIQUE

par VIRGINIE LOU

Illustrations de
MARIE GARD

ACTES SUD JUNIOR

Pour Andréa,
pour Hugo,
et pour tous les insatiables
questionneurs

Et les houatures ? Viennent-elles
de Dieu ou du Diable ?

Queneau

À l'heure où le soleil décline, Marguerite galopait de toutes ses petites pattes roses jusqu'à la falaise et s'asseyait, les pieds dans le vide, face à l'Océan. Pendant des heures elle regardait le soleil descendre sous l'horizon, et la mer se faire rose, orange, mauve, rouge...

Qui a fait les couleurs ?
se demandait Marguerite.
Qui a fait la mer ?
Qui a fait la Terre qui porte la mer, qui porte les couleurs et qui nous porte, mon papa rat, ma maman rate, mes frères ratons, mes sœurs ratones et moi ?

Car Marguerite voulait TOUT comprendre, le pourquoi et le comment des choses, le pourquoi du comment, le comment du pourquoi et réciproquement. C'est ainsi que, très jeune, Marguerite se mit à aimer la métaphysique.

Je vous entends ricaner d'ici, galopins !
– Mets ta quoi ? Mets ta zizique ?
Ouvrez grandes vos oreilles, mécréants ! J'ai dit : mé-ta-phy-si-que. Vous ricanez encore, et je sais bien pourquoi. Mais je suis désolée de vous décevoir : non, métaphysique n'est pas un gros mot. Encore qu'on puisse toujours essayer, dans une cour de récréation, d'envoyer : "Va donc ! Espèce de métaphysique !"
Effet de surprise garanti.

Mais revenons à nos moutons,
ou plutôt à notre rate, Marguerite.
Elle avait, je vous l'ai dit,
la passion de TOUT expliquer.
Elle ne se demandait pas
seulement :
Qui suis-je, moi, Marguerite ?

Elle ne se demandait pas
seulement :
Si j'avais des roues mais encore
toute ma tête, serais-je un vélo
ou une rate supersonique ?

Elle ne se demandait pas
seulement :
Si les hommes descendent
du singe, pourquoi ne cherchent-ils pas à remonter, au lieu de
se laisser aller toujours plus bas ?
Elle ne se demandait pas
seulement :
Pourquoi la Lune ne porte-t-elle
que des cailloux alors que la Terre,
à qui personne n'a rien demandé
de plus, s'excite à produire des
créatures vivantes par milliards ?

Si Marguerite s'était contentée de ces questions-là (moins simples à résoudre qu'il n'y paraît à première vue), elle aurait été philosophe, ou rate politique, ou rate de sciences.
Or, Marguerite aimait la métaphysique, c'est-à-dire qu'elle ne se demandait pas seulement la raison de telle ou telle chose.
Elle voulait savoir LA CAUSE DE TOUT.

Ainsi, Marguerite s'était demandé :
D'où venons-nous, nous les rats, qui rongeons les vieilleries de la Terre et l'aérons en creusant nos galeries ?

Elle commença par interroger son père et sa mère, en qui elle avait une très grande confiance.
Eh bien, ce jour-là très précisément, les parents de Marguerite ne se montrèrent pas vraiment à la hauteur, car ils ne comprirent pas sa question.
Ou plutôt, ils l'entendirent de travers. Ils crurent que

Marguerite leur demandait comment on fait… les bébés. Très gênés, tortillant entre leurs pattes roses le bout de leur queue, ils lui expliquèrent qu'il fallait, au départ, un papa rat et une maman rate qui s'aimaient beaucoup beaucoup… et quand ils s'aimaient très fort, CRAC, venait un bébé.

Marguerite soupira. L'explication de ses parents n'était pas très claire, dans le détail. Mais surtout, elle n'avait aucun rapport avec la question !

– Bon, j'ai bien compris, leur dit-elle gentiment (car elle était très polie). Mais avant le papa et la maman ?

– Eh bien, c'est très simple ma chérie, lui répondit son père tout à fait sûr de lui. Avant nous, il y avait tes deux grands-pères et tes deux grands-mères.

– Oui. Mais avant ? (Marguerite, comme beaucoup de rongeurs, était d'une patience exceptionnelle.)

– Ma petite rate, c'est pourtant simple, dit doucement sa maman (un peu désolée, car elle pensait que sa fille si intelligente aurait compris du premier coup). Avant tes grands-parents, il y avait tes arrière-grands-parents.

– Oui mais avant, avant, avant, avant, redemanda Marguerite, décidée cette fois à sauter les étapes (ils n'allaient quand même pas lui réciter l'arbre généalogique depuis le XVIIe siècle ?).

– Où veux-tu en venir ? interrogea son papa un peu agacé (on passait à la télé ce soir-là *Des souris et des hommes*, et il n'aurait manqué le film pour rien au monde).

– Je veux savoir, reprit Marguerite en s'efforçant au calme, avant, avant, avant les arrière-arrière-arrière-arrière-arrière-arrière-arrière-arrière-arrière-arrière-grands-parents, à l'origine de tous les rats, qu'est-ce qu'il y a ?

–Eh bien… je suppose… répondit doucement sa maman, assez ennuyée. Je suppose qu'il y a eu, au tout début, le premier rat et la première rate.

– Mais QUI a fait le premier rat et la première rate ? se mit à hurler Marguerite au bord de la crise de nerfs (car même chez les rongeurs, la patience a des limites).

– Eh bien… dit la maman, émue par cette explosion de colère métaphysique.
– Eh bien… dit le papa. Il y a un film à la télé, et je ne veux le manquer sous aucun prétexte. Tu connais John Steinbeck, l'auteur de *Des souris et des hommes* ? C'est un écrivain américain tout à fait remarquable.

Vous l'avez compris : le papa, avec ses grands airs, avait voulu détourner la conversation. Car il faut bien l'avouer : lui non plus ne savait pas.
Sans se décourager, Marguerite interrogea ses grands-pères, ses grands-mères, ses tantes, ses cousins… Et devant leurs mines piteuses, elle dut se rendre à l'évidence : les rats adultes ne savaient pas !
Pire même : ils ne s'étaient jamais posé la question.
Dans les livres que Marguerite dévorait, elle ne trouva pas non plus la réponse.

Alors elle se mit à réfléchir seule.
Qui, au tout début du monde, avait créé le premier rat et la première rate ?
Il fallait que ce Créateur fût excessivement puissant, capable d'inventer des créatures.
Il fallait que ce Créateur fût généreux, car les rats sont un cadeau extrêmement utile à la Terre.
Il fallait enfin que ce Créateur eût du goût, car les rats sont des animaux – pensait Marguerite – tout à fait séduisants et bien proportionnés.
Quelle divinité rassemblait toutes ces qualités ?

Après des heures de réflexion dont je vous passerai le détail, et après avoir soûlé sa famille de questions secondaires (les noms de tous les dieux de l'univers, par exemple), notre rate conclut qu'il n'existait qu'une seule divinité, capable d'avoir offert au monde un cadeau aussi indispensable et décoratif que les rats : c'était...
Non, finalement, je ne vais pas vous le dire.
Mais vous me pardonnerez cette petite farce car, si vous voulez bien suivre le raisonnement de Marguerite, vous allez deviner la réponse tout seuls.
En effet, trouver des créateurs assez puissants pour avoir fait les rats n'est pas compliqué.
Mais, je vous le rappelle, ils doivent posséder deux qualités supplémentaires : la générosité et le sens de la beauté.

Les dieux des hommes sont sans doute très puissants, mais, s'était dit Marguerite, ils ont dans l'ensemble un caractère de cochon : ils n'ont pas hésité à envoyer sur Terre, quand ils étaient en pétard, qui la foudre, qui les maladies, qui des monceaux de grenouilles, qui des nuées sauterelles, qui une suie terrible provoquant des pustules sur tout le corps, qui des guerres atroces, qui des incendies ravageant les cultures, qui le sel qui détruit tout, qui le déluge, et j'en passe… Certains de ces dieux, même, ne se sont pas encore calmés et promettent l'apocalypse, rien de moins !

Laissons donc ces mauvais coucheurs à leurs nuages, avait songé Marguerite. Le Créateur des rats est gé-né-reux.

Or, qui distribue des cadeaux
par milliers sans rien demander
qu'une petite lettre (dont il ne
sanctionne même pas l'orthographe
fantaisiste) et une paire
de pantoufles ?
Qui ?
Il y en a UN dans l'univers,
pas deux.

Vérifions notre hypothèse, s'était dit alors Marguerite (elle ne voulait rien laisser au hasard) :
Ce Créateur a-t-Il bon goût ?

Et comment ! Il illumine les rues, les bâtiments et les vitrines avant Son passage, et partout on n'entend plus que musiques douces, tintements de clochettes, sons aériens ; on ne voit plus que de jolies choses, et des étoiles, et de la poudre de neige, et des boules multicolores et des guirlandes...
Pas de doute : le seul Créateur généreux, puissant et artiste c'est... le père Noël.

Très satisfaite de son raisonnement, Marguerite songea qu'elle était la seule à avoir découvert l'origine des rats et le rôle capital du père Noël !
Aussi décida-t-elle d'écrire ses réflexions dans un livre.
Ainsi, elle révélerait la Vérité du Monde aux rats de son temps et à tous les rats futurs pendant des générations et des générations.
Avec application, elle écrivit la première phrase :

Au commencement, le père Noël offrit à la Terre le premier rat et la première rate, pour qu'ils la débarrassent de ses vieilleries et l'aèrent, en creusant des galeries.
Marguerite referma son stylo et se frotta les pattes avec une grande satisfaction. Sa phrase était bien balancée, elle disait ce qu'il fallait, et clairement.

Les hommes s'étaient complètement fourvoyés en inventant mille dieux bizarres et colériques !
En réalité, LA CAUSE DE TOUT était le père Noël.
Deux ou trois jours passèrent, pendant lesquels Marguerite ne cessa de vérifier à quel point elle avait raison.

Mais un matin, scrutant la mer, elle reçut un choc : comment imaginer que le père Noël ait pu offrir à la Terre, en même temps

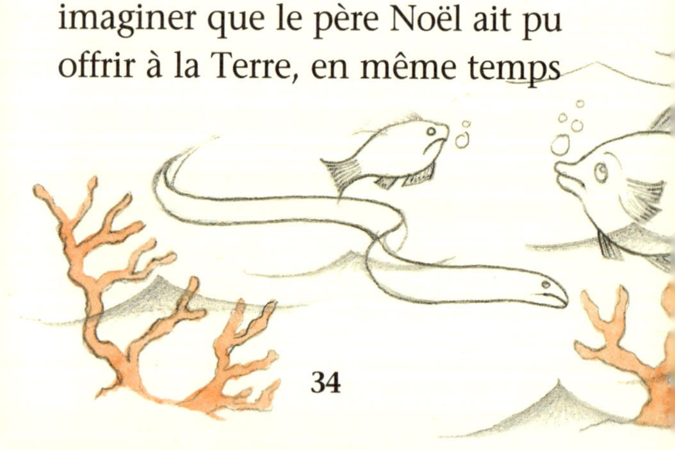

que les rats, des poissons, qui ne sont ni très beaux (voyez les murènes), ni très intelligents (et même assez tartignoles, osons le mot)…

Parce que la mer aime
les chatouilles ?
Pour servir de nourriture
aux chats ?

Pour faire joli dans les filets
des pêcheurs ?
Pour nettoyer les algues ?

Cette dernière solution l'occupa un bon moment car elle était logique, et même écologique. Mais Marguerite avait du mal à l'accepter. Comment imaginer le père Noël assez sot pour avoir inventé en même temps des cochonneries (les algues) et des éboueurs (les poissons) ? Le père Noël se serait-il épuisé à imaginer deux sortes de créatures, alors que s'il n'avait rien fait la mer serait restée propre ? Sans compter qu'en ne faisant rien, il aurait pu se reposer : et qui résisterait à l'idée d'une bonne grasse matinée ?

Non, non... se disait Marguerite en soupirant. Mon raisonnement ne tient pas debout...
Mais enfin ! Pourquoi des poissons ?
Vous l'avez compris, Marguerite tournait en rond. Et comme

ces questions étaient de toute première importance, elle éprouvait, quand elle ne trouvait pas de réponse, une terrible angoisse. Son ventre rond se contractait, son petit cœur se serrait, elle perdait l'appétit.

Pendant des semaines, la question des poissons l'obséda. Elle était de fort méchante humeur, refusait toute nourriture et ses parents s'inquiétaient.
– Je vais appeler Ratoubib, dit doucement sa maman. Je crains que tu ne couves je ne sais quelle maladie. Les hommes jettent de nos jours des déchets tellement innommables ! Tu n'es pas allée nettoyer leur poubelle, au moins ?
– Mais non, maman ! répondit Marguerite, agacée.
– Tu sais qu'il faut se servir à la source, maintenant : dans leur

cellier, ou dans leur frigo, et en faisant bien attention à la date de péremption. Ce n'est plus comme autrefois…
– Maman, tu me l'as dit cent mille fois… Je ne suis pas malade.

Une joie intense souleva
Marguerite :
– Eurêka ! s'écria-t-elle devant
les enfants stupéfaits, avant de
les abandonner pour aller réfléchir
sur la falaise.

Car il lui fallait du calme et du silence pour mettre en ordre une intuition encore confuse.
Assise à sa place habituelle, ses petites pattes battant dans le vide, elle respira un grand coup et se mit à PENSER.
Raisonnons, se dit-elle.
Si les cloches, aujourd'hui encore, apportent des œufs, c'est pour fêter un événement très ancien.
Lequel ?

Ma foi, la réponse est extrêmement simple ! C'est tout bonnement pour rappeler qu'au commencement du monde, ce sont elles, les cloches, qui ont créé les œufs et les ont apportés sur la Terre.
De ces œufs sont nées des créatures diverses : poissons, poules, oies, autruches, serpents, et j'en passe.

Toutes ces créatures, remarquez-le bien, ont un point commun : elles sont stupides.
Et c'est tout à fait logique ! pensa Marguerite.
En effet, quand on est issu d'une cloche, on ne peut pas inventer l'eau chaude ! Vous en voulez une preuve ? Voyez les poissons, justement ! Ils vivent dans l'eau depuis le commencement du monde et n'ont même pas songé à installer chez eux ce confort minimum !

Marguerite s'acclama elle-même de toute la force de ses petites pattes. À sa tristesse avait succédé un bonheur fou ! Non seulement elle, Marguerite, trouvait toute seule les réponses, mais elle trouvait même les réponses aux questions que personne ne s'était posées !

Elle se redressa, se pavana sur
la falaise en pensant :
Je suis SAVANTE !
Et même :
Je suis LA PLUS GRANDE
MÉTAPHYSICIENNE DE LA TERRE !

Lorsqu'elle aurait terminé son livre – pensait-elle – toutes les créatures, considérant son immense génie, se prosterneraient devant elle. On la comblerait de cadeaux et d'honneurs. Les chefs d'Etat viendraient lui demander conseil. Alors elle serait LA REINE DU MONDE !

Dans l'euphorie, elle écrivit alors une deuxième phrase :
Les cloches, quant à elles, offrirent à la Terre les êtres stupides, à savoir tous ceux qui se reproduisent par des œufs.

Le point final jeté d'un geste auguste, elle hurla, emportée par l'enthousiasme :
– À nous deux, Soleil !
Nous verrons bien qui, de toi ou de moi, régnera demain sur cette Terre !

– Blop ! répondit le Soleil en enfonçant sa tête sous l'eau.

Et la Lune s'inclina vers notre rate pour murmurer, avec tendresse :
– Gamine, va !

Marguerite entendit ces deux exclamations moqueuses et en fut terriblement mortifiée.
Elle comprit que ses connaissances du monde étaient bien maigres. Or, il existait sans doute, sur la Terre et dans le cosmos, mille choses encore dont elle ignorait l'existence !
Et elle n'avait pas idée de ce qu'elle ne connaissait pas...
Comment se prétendre SAVANTE quand on ne sait même pas ce qu'on ne sait pas ?
Lorsqu'elle se laissait aller ainsi à penser, Marguerite éprouvait un furieux vertige. Elle devait se reculer d'un bond et quitter le bord de la falaise. Elle avait peur de tomber.

Une tristesse aussi profonde qu'avait été sa joie s'abattit sur Marguerite. Elle était là, minuscule rate, face à l'immensité de la mer et du ciel, sur une Terre dont elle connaissait tout au plus un village et une falaise !

Qui pouvait prendre ses recherches au sérieux ? Devait-elle se contenter de vivre comme une bête, sans rien comprendre de ce qui l'entourait ? N'était-elle qu'une petite poussière dans l'immensité ?
Elle se mit à pleurer brusquement. Le Soleil régnait sur la Terre et les hommes. Les hommes, eux, construisaient les maisons, les téléviseurs et les réfrigérateurs... Elle, pauvre rate de quinze centimètres (en comptant la queue), ne comprenait rien, et n'avait rien inventé.
Elle n'était RIEN !

Après avoir versé des torrents de larmes, Marguerite se moucha. Les chercheurs, pensa-t-elle, ne connaissent pas le découragement ! Il faut PER-SÉ-VÉ-RER !

Reprenons, se dit-elle en rangeant son mouchoir. Examinons de près cette proposition en apparence indiscutable : le Soleil règne sur la Terre.

Le jour, cela ne fait aucun doute. Mais la nuit ? QUI éteint le Soleil ? Bien que Marguerite n'eût pas grande estime pour les humains, elle devait leur accorder qu'ils commandaient la lumière, grâce aux interrupteurs.
Or – pensa-t-elle –, puisque la lumière vient du Soleil, si les humains commandent la lumière, c'est qu'ils commandent AUSSI le Soleil !
Donc, ce gros balourd prétentieux ne règne pas sur la Terre. Il est l'esclave des hommes !
– Mon pauvre Soleil ! lui lança Marguerite compatissante.
Je comprends maintenant

pourquoi tu deviens si rouge,
le soir : c'est que les hommes te tirent par les pieds pour te glisser sous terre !
Le Soleil, en l'entendant, devint cramoisi.
… Si elle continue pendant une seule minute, se dit-il, je vais exploser !
Par bonheur la Terre, en tournant, lui masqua le bas du visage,
et il put pouffer à son aise.

Marguerite resta encore un long moment, dans le crépuscule, à méditer. Une fois de plus, elle avait trouvé une réponse qui débouchait sur une autre question : Et Dieu ? se dit-elle. Qui est Dieu ? Les hommes disent qu'il a, lui, offert à la Terre le premier homme et la première femme…

Et ils prétendent même que Dieu est LE CRÉATEUR. Pourtant, à bien y réfléchir, le père Noël a été bien plus astucieux avec ses créatures que Dieu avec les siennes ! Les hommes en effet travaillent à longueur de jours ! Leurs enfants à l'école sont accablés de devoirs ! Et pour quoi ? Pour avoir une maison, un téléviseur, un réfrigérateur…
Mais les rats, eux, bénéficient sans travailler des mêmes commodités !

Ils vivent à l'abri dans les maisons, regardent la télé comme tout le monde, et se nourrissent aux frais des hommes !

Certes, Marguerite devait admettre qu'elle ne pouvait pas se servir à son aise. D'ailleurs, comme elle était très polie, elle ne se serait pas permis d'imposer sa présence. Mais elle avait souvent vu son papa, ardent cinéphile, interrompre d'un coup de dents des variétés pour passer au film du ciné-club ! Et sa maman ne se gênait pas pour se servir dans le frigo (en faisant bien attention aux dates de péremption inscrites sur les étiquettes !).

C'est ainsi que Marguerite
compléta sa théorie :

Dieu, enfin, offrit à la Terre les hommes, afin qu'ils construisent des maisons pour s'abriter, et pour abriter leurs téléviseurs, leurs réfrigérateurs, leurs enfants
et les rats.
Ainsi, le monde fut parfait.

Marguerite s'était couchée sur le flanc, au bord de la falaise, bercée par le bruit des vagues.
Si demain d'autres questions se présentent – pensa-t-elle – je les résoudrai patiemment. J'ai encore bien des jours à vivre pendant lesquels les hommes travailleront à mon confort, afin que je puisse, moi Marguerite, écrire le Livre qui explique tout.
C'est un peu long, comme titre, remarqua-t-elle.
Je le vois mal sur une couverture, d'autant qu'il faudrait l'écrire en lettres capitales, ce qui prendrait une place folle.

Et comme elle ne l'imaginait qu'en caractères dorés, elle songea qu'un tel étalage de clinquant ferait assez mauvais genre.
Pourquoi se compliquer l'existence ? se dit-elle un peu plus

tard. Puisque mon livre expliquera
tout, il n'y aura pas besoin
d'en écrire d'autres.
Les créatures de la Terre n'auront
besoin de connaître qu'un
ouvrage unique : le mien.
En toute simplicité, on peut donc
l'appeler LE livre.
... et elle s'endormit.

Le Livre

Au commencement, le Père Noël offrit à la terre le premier rat et la première rate, afin qu'ils la débarrassent de ses vieilleries et qu'ils l'aèrent en creusant leurs galeries.
Les cloches, quant à elles, offrirent les êtres stupides, à savoir tous ceux qui se reproduisent en pondant des oeufs.
Dieu, enfin, offrit les hommes afin qu'ils construisent des maisons pour s'abriter, pour abriter leurs téléviseurs, leurs réfrigérateurs, leurs enfants et les rats.
Ainsi, le monde fut parfait.

Marguerite
Métaphysicienne du monde.

Conception graphique et réalisation :
Repères Communication.

Reproduit et achevé d'imprimer
en septembre 1996
par l'imprimerie Clerc
à Saint-Amand-Montrond
sur papier des
Papeteries de Jeand'heurs
pour le compte des éditions
ACTES SUD
Le Méjan
Place Nina-Berberova
13200 Arles

Dépôt légal
1re édition : septembre 1996
N° imprimeur : 6352
(Imprimé en France)